KB198698

당신이 그곳에 계시는 동안

모악시인선 030

당신이 그곳에 계시는 동안

유순예 시집

모악

시인의 말

벚꽃이 하냥다짐으로 뛰어내리는 4월,
아버지는 허야 디야! 올라갔다.
상사화가 울며불며 피어나는 8월,
어머니는 허야 디야! 떠나갔다.
오르지도 떠나지도 못하는 참회는
누구랑 허야 디야! 놀까.
상석에 시집 한 상 차려 올리는
아버지 어머니 봉분은 알까.
4월과 8월에 심은 뿌리가
눈더미 속에서도 성성하다.

2024년 겨울
유순예

차례

2부 불편한 면회

3부 우연이든 필연이든

4부 그녀의 새해 첫 선물

1부
풀숲에서 온 전화

삼비옷

평창(평상) 선반 우에
엄마
삼비옷 잇서

구음장애에 오른손 마비까지 온 어머니가 의사소통 노트에 왼손으로 느릿느릿 삐뚤빼뚤 쓰는
당신이 입고 갈 삼베옷의 보관 장소를 알리기 위하여 자음 한 자 모음 한 자 그어서 단어를 만드는

어머니의 이마가 식은땀을 게운다
어머니의 호흡이 오르막길을 오른다
어머니의 왼손이 꼭 쥐고 있는 볼펜이 부들부들 떤다
한 획 한 획 모여서 보조용언 없는 문장이 될 때까지 기다리는
심장과 심장이 돌너덜길을 걷는다

평상 선반 위에서 내려와 마당 가 장독대 위에 누운
삼베옷이
찌든 먼지를 털어내며 햇볕을 끌어당기며 훌쩍훌쩍 운다

입관(入棺)
—옴마의 입말 1

어떠냐, 나도 화장하니까 이쁘지?

허허벌판에서 어린 것이 혼자 살아내다 보니 정이 뭔지도 모르고 살았다 징용 간 아버지는 석 달 만에 죽었다는 사망통지서를 오십여 년이 지난 후에나 받았다 청상과부가 된 오매는 어린 나를 두고 재가했다 작은아버지가 챙겨주는…눈칫밥으로 살았다

시집이라고 와서 보니 시부모에 시동생들까지 바글바글하더라 물동이 가득 우물물 이고 다니면서 대가족 끼니 챙겨야지 마당을 뒹굴던 니들 멕이고 입히고 공부시키고 출가시켜야지 푸새들 이고 나가 늙은이들 병원비 벌어야지…매몰차게 살았다

몸 둘 바 모르던 몸이 성할 리가 있겄냐

저승 문에 들어서니
사자는 없고
손주보다 젊은 아버지꽃이 맨발로 달려 나와 반기더라

어떠냐, 나도 꽃단장하니까 이쁘지?

무수적

—옴마의 입말 2

무수(無數)한 세월 헛살았다
헤아릴 수 없이 서러운
새벽이나 한낮이나
밭에 나가 호맹이질을 해댔으니
동지선달에도 장터에 나가
종일 쪼그려 앉아 있었으니
무르팍도 허리도 어깨도 팔꿈치도
성할 리가 있겄냐
너는 나맹키로 고생고생 살지 마라
구수하고 달달한 무수적맹키로
납작 엎드려서
무수(撫綏)한 세월 둥글넓적하게 살아라

땅땅거리다

으스러지도록 농사일만 하다 죽은
아버지 어머니가 두고 간
땅! 땅! 땅!
그 땅을 놀릴 수가 없기에 이 딸내미가 부쳐요
아버지 어머니 누워 있는
산소 밭에는 들깨를 심었고요
저온창고가 있는 밭 한쪽
너덜너덜한 비닐하우스 안
두 고랑은 쪽파를 심었고요
한 고랑은 양파를 심었고요
가상마다 진을 쳤던
잡초들은 확 뽑아버리고 월동 씨앗을 뿌렸고요
배추 상추 고수 고추 갓 시금치…
남새밭에서는 온갖 야채들이 서로 잘났다고 다투고요
나는 옴마처럼 안 살 것여!
앙탈 부리던 못된 것들이 곳곳에 처박혀서
눈물을 베고 잠이 들던 이 딸내미는
아버지 어머니를 꼭 닮은 농부가 되어가네요
땅! 땅! 땅!
이제야 저도 땅땅거리며 살게 되었네요

들지름

파종하고 모종하고 풀매고 낫질까지 직접 해보니까
몸이 뭐라더냐
니들은 농사짓지 않아도 먹고 살게끔 쌔가 빠지게 일해서
가르쳤다
들짐승 같은 농기구랑 싸우지 말고 붓 잡고 놀아라
해본 적 없는 도리깨질까지 하면서
우리 삶의 일부를 체험했으니 그걸로 충분하다
지금 그 옷차림은 그렇다 치고
얼굴에 튀어 붙은 깨알들이나 떼어내고 땀이나 좀 닦아라
두고 온 전답 죄다 소먹이 풀씨나 뿌려버리고
내년부터는 들지름도 사서 먹어라

부모님을 파종했던 밭에다 모종했던 들깨, 들깨를 터는데
나란히 앉아서 지켜보던 부모님의 봉분 말씀에
서산을 넘어가던 해가 뒤돌아서 울먹이는 어깨를 토닥인다

메꽃

억척스럽다고 쑤군거리지 마라

무지막지한 제초제가 작살내도 나는 산다
트랙터가 깔아뭉개도 나는 산다
호미 이빨이 물어뜯어도 나는 산다
맨손으로 쥐어뜯어도 나는 산다

흙과 바람 햇볕과 빗물
우주의 직원이 건망증이 심해도 나는 산다
뜯기고 부러지고 녹아난
나의 뿌리들은 어디서든 산다
동강동강 부러진 마디마다
꿋꿋하게 돋아나는 새싹들을 봐라
그런 새싹들 키우는 재미로 산다

억척스럽게 살다간 너의 뿌리처럼

풀숲에서 온 전화

아가, 나 여기 있다! 니들 아버지도 옆에 있다

부모님 산소가 있는 밭을 빙 둘러보는데
풀숲에서 어머니 목소리가 들린다
행방불명이던 핸드폰이 손을 흔들며 기어나온다

아이고, 옴마!
핸드폰 없어졌다고 그 소란을 피운지가 몇 년여
여기다 떨어뜨려놓고
혼자 밭일하느라 얼마나 힘들고 외로웠어!

뒤죽박죽된 핸드폰 틈새마다 끼어든
해묵은 흙을 맨손으로 쫓아내고
해묵은 잡초 부스러기들 떼어내기를 반복하는데
초겨울 찬비가 쏟아진다
우둑! 우둑!
쏟아진다, 속절없이 쏟아지는 빗소리에
불통이던 휴대폰이 전화를 받는다

옴마, 아버지 옆에 누우니까 편안하지?

대봉 엄마

나 죽고 없어도
니들 따다 먹으라고 심었다
니들 어렸을 때는 없어서 못 먹였다만
여럿이 나눠 먹을 몫까지 심었다
니들 먹는 모습만 봐도 배가 부르다
실컷 먹어라, 달달하니 맛나지?

작년에는 첫물로 일곱 개를 내놓더니
올해는 두 물째로 서너 곱을 내놓은
어린 대봉 나무가 말씀하신다
지난여름에 입힌 뗏장이 막 자리 잡은
봉분 앞
상석(床石)에 놓아드린 대봉이 말씀하신다

집으로 가

별수 없이 퇴원해야 했던 그날
집으로 가자는 어머니를 요양원에 부려놓고
저 혼자 집으로 가던 길이었대

말문까지 닫힌 어머니를 낯선 데 놔두고 어딜 가냐!

천둥번개가 고래고래 호통을 쳤대
소낙비가 싸대기를 갈기며
저 혼자 집으로 가는 발모가지를 꺾어 요양원에 부렸대
"집으로 가, 엄마! 우리 집으로 가!"
울고만 있는 어머니를 다시 휠체어에 모시고
집으로 왔다, 는 그날이었대

그래 잘했다! 암만, 그래야지!

닫혔던 대문을 박차고 달려 나온 눈물이
눈이 퉁퉁 부은 채 들어서는 모녀를 얼싸 안았대
사십구재 모신 지 얼마 안 되는 어머니를
하현달이 눈꺼풀을 들어 올리며 살피는 중이래

놀러 와, 엄마!

토란국

—옴마의 입말 3

가가 얼매나 웃긴지 아냐
토란국이 먹고 싶다, 그랬더니
대답도 안 하고 정지로 들어가더라
흐으응, 흥얼거리면서
토란 긁는 소리가 나더니
금세 한 대접 퍼오더라
맛나다 선생도 어여 먹어, 그랬더니
밥 먹고 왔다고 안 먹더라
방바닥 걸레질 좀 해 달라, 그랬더니
니가 사다놓은 물수건인가 있잖여
그걸로 그냥 쓱쓱 문지르고 말더라
남의 오매 병수발 들러 다니는디
뭣이 좋겄냐
아무리 지랄하고 지랄을 떨어도
니가 끓여주는 토란국이 젤 맛나다

봄눈
—뽀얀 편지

늙고 병든 니들 오매 병시중하는 것도 힘들 틴디
헐벗은 경운기 목욕시키고 봄옷까지 입혀주다니
고맙다
거그서는 저 경운기로 농사지어서
니들 멕이고 공부시켰다만
여그서는 가만히 누워만 있어도
밥이 나오고 술이 나온다, 그러니
내 생각 그만 허고
니들이나 재미지게 살다 오니라
니들 오매도 나보다 십사 년 더 살았으면 되았다
나헌티 시집와서 고상만 시키고 못 멕인 거
니들이 챙겨주니
고맙다
밤새 끼적거린 편지, 봄눈 편에 보낸 거
아침밥 짓기 전에 읽는 모습 다 내려다봤다
해 뜨면 흔적도 없이 사라지는 봄눈처럼
이 아비를 오래 기억하지 않아도 괜찮다
니들 오매도 걱정 마라
만물은 찰나생멸(刹那生滅) 아니더냐!

당신이 그곳에 계시는 동안

당신이 그곳에 계시는 동안
당신이 시집올 때부터 죽을 때까지 살던 이 집에서
당신이 좋아하던 고구마를 굽네요
당신과 함께 먹을 땐 달달하던 군고구마가 쓰디쓰네요
쓰디쓴 요기로 허기를 채우고
컨테이너 고방 외벽 곳곳에 찌든
녹을 문지르고 먼지를 털어내고 물걸레질을 하네요
당신만큼이나 늙고 찌든 외벽을 단장하네요
선친의 손재주를 빌려서 페인트칠도 시도하네요
지팡이 짚고 아장아장 걸어서 오시든
휠체어에 앉아서 흔들흔들 오시든
당신 돌아오시면 환하게 웃으라고
봄비 같은 겨울비 내리는 오늘
이 딸내미 혼자 낯선 일을 벌이네요
하염없이 내리는 겨울비는 훌쩍훌쩍 젖어드는데요
당신 계시는 그곳은 좀 어떤가요?

비밀문서

그토록 거절하던 낯선 곳에 어머니를 떠맡기고, 어머니 없는 집에 와서 대청소를 한다 어머니가 쓰던 낡은 가방에서 오롯이 접힌 종이딱지가 나온다 꼬깃꼬깃 접힌 부분을 펼쳤더니 굳어가는 어머니의 사지 같은 글자들이 흐느적거린다

111-1 개울가 답
111-2 압산 밭 박경임
111-3 방애다리 답 유장남
111-4 웃골 답 유차남

비밀로 보관해야 할 문서를 찍어서 가족 단톡방에 올렸는데 자음 한 자 모음 한 자 쓸 때마다 심혈을 기울였을, 어머니의 친필을 읽고 또 읽는 자녀들이 꾸역꾸역 속울음을 삼킨다

괘기국보다 더 맛난 것

—옴마의 입말 4

요것이 괘기국보다 더 맛난 것이다
요것들 뜯어서 할머니장터에 이고 나가면
기만원은 벌 것인디
몸뚱어리가 말을 안 들으니 별수 없지
똥이라도 쑥쑥 잘 나오게
어서 먹자 먹어, 어찌냐
호박잎이 괘기국보다 더 개운하고 맛나지?

군고구마
—옴마의 입말 5

어째서 입이 바짝바짝 탄다냐
이러다 말문까지 닫히면 어쩌꺼냐
걸어댕기지도 못 하고
몸뚱어리도 돌돌 말리는 것이 참말로 요상타
이러다 나 죽으면 니가 가 좀 챙겨야쓰겄다
영특한 가가 어째 그리 사는지 모르겄다
그해 고구마 농사지은 돈 다 쓰지도 못하고 가버린
니들 아버지 죽을 때도 식구들 애간장을 태우더니
니들 힘들어서 어쩌꺼나
까맣게 타고 군내 나기 시작한 몸이지만
나 아직 할 일이 남았는디
어째서 온몸이 바짝바짝 탄다냐

경사로

나무에 올라 댕기는 것 맹키로 후들거린다
궁뎅이 깔고 네 발로 벅벅 기어서
계단 올라 댕길 때만 해도 살만 했다

병든 노모를 태우고 경사로를 올라가는
휠체어가 투덜투덜 투정부리는데
휠체어를 밀어주던 눈물이 주르륵 미끄러진다

2부
불편한 면회

웃는 제비

제비 새끼 네 마리가 날갯짓을 시작했다

야야, 조것들 좀 봐라 마당 밖에는 못 나가고 빨랫줄에 앉았다 아래채 지붕에 앉았다 지들 집으로 쪼르르 들어가려다 못 들어가고 다시 마당 위만 날아다닌다
'날갯짓이 고게 뭐냐, 다시 해봐!'
집 안에 떡 들어앉아서 지켜보는 오매 제비의 잔소리 들리지? 남쪽으로 데리고 갈 날이 다가오는갑다 새끼들 가르치는 거다 저 제비집 아래, 조것들이 싸지른 똥 좀 봐라, 뽀야니 이쁘지? 조것들 하는 짓 땜에 내가 웃는다, 웃어

어머니가 안부 살피러 온 딸에게
재잘재잘 이야기를 늘어놓는데
먹이를 받아먹는 제비 새끼 주둥이보다 우습다

혼자 사는 말문이 모처럼 활개를 치며 웃는다

뿌랭이

당신도 한때는 잔뿌리처럼 뽀얗게 웃는 낯이었지요

남편이 두고 간 그 많은 전답을 혼자 일구느라 손가락 발뒤꿈치가 쩍쩍 갈라지도록 일만 하더니, 몸 곳곳마다 울긋불긋 단풍 들더니, 아 으… 말문까지 닫더니
허둥지둥, 하늘로 올라갔지요
검은 입술에 빨간 립스틱을 바르고 누워서
어미 잃은 잔뿌리들에게 또박또박, 말했지요

서글퍼하지 마라, 나의 새끼들아!
뿌랭이가 튼실해야 이파리도 튼실한 것이다
때 맞춰 뿌려주는 빗물로
두고 온 뿌랭이들 잘 키워봐라

당신이 일구던 땅속으로 스며든
당신, 이제는 잔뿌리처럼
늙지도 않고 아프지도 않고 다시 뽀얗게 웃고 있지요

한겨울, 우박

죽어서 집에 갈란가
살아서 집에 갈란가
모르겄다만
뼈다구가 뿌서지고 혈관이 맥힐 정도로 일만 해댄 것이
서럽다, 서러워!

황소 눈물을 떨어트리며 어눌한 발음으로 느릿느릿 말하는
어머니를 요양병원에 떠밀고 뒤돌아서는데
한겨울 까만 하늘이 우둑우둑 우박을 퍼붓는다, 앙칼지게
퍼붓는다

비지밀

아이, 이리 와봐!
부르셨어요 어르신?

저 할매가 조반을 안 먹었응게
내꺼 비지밀 하나 갖다 믹여

저 어르신 조반 잘 잡쉈어요
제가 틀니도 끼워 드리고 숟가락도 손에 쥐어 드리는 거
옆에서 보셨잖아요

아따 금매 안 먹었당께!
어여 비지밀 하나 갖다 믹여

아따 참말로!
저 어르신 조반 한 그릇 다 잡쉈당께요

아따 안 먹었당께 왜 이랬샤댜
예 어르신,
저 어르신께 비지밀 믹여 드릴게요

오해를 이해하는 아침 햇살이 이해해 웃는다

어딨냐, 애기야!

어딨냐 애기야, 우리 애기 어딨어!
어떤 애기요?
내가 방금 낳은 딸내미 말여
아아 그 애기, 저기서 잘 놀고 있어요
찌깐한 것이 추워서 어찐다냐
걱정 마세요 어르신
거기는 지금 꽃 피는 봄이거든요

상·하지 마비 상태로 요양원에 입소한 어머니
치매 행동이 심한 줄도 모르는 어머니
애기 아닌 애기가 되어버린 어머니
낳은 적 없는 딸아이 찾는다

나와라 애기야, 우리 애기 어딨냐!

요실금

금쪽같은 새끼들을 품고 있던
당신의 몸 곳곳마다 온통
실금이 갔네요
눈물도 줄줄 새고
콧물도 줄줄 새고
발음도 줄줄 새고
새고 새는
당신의 몸 곳곳마다 온통
주사 바늘이 찌른 상처들로
새까맣게 멍이 들었네요

금쪽같은 새끼들은 다 어디에 숨기셨나요

불편한 면회

차라리 오지 마라
니들도
나도
안 보는 게 편하다
병원 밥이 편하다
땀내 나는 머리도 간병사가 감긴다
화장실도 간병사가 부축해서 다닌다
오지 마라, 제발

당신의 말을 가슴에 담고
면회를 마친 후
불편한 일상이다

주객전도(主客顚倒)

어서 먹고 기운 내야지

삐딱하게 삐친 허리 시술하고
엉기적엉기적 걷기 연습하는 딸
딸의 허리보다 더 구부정한 어머니
어머니의 허리가 엉기적엉기적 병문안을 왔다
고추장 멸치 배추 무생채 식혜 찰밥…
바리바리 싸매고 왔다

병실 밖 한파가 한숨을 몰아쉬며 들여다본다

어머니 이마에 맺힌 땀은 물티슈가 닦아주고
어머니 타는 속은 요구르트가 달래주고
어머니 굽은 허리는 보조 의자가 펴준다

엄마, 그 몸으로 병문안을 왜 와!
장애인 이동 도움 차량이 기다리잖아
어서 가서 좀 쉬어!

지팡이가 부축한 어머니를 향한
딸년의 잔소리가 병실 밖으로 나가는데

지나가던 환자가 한 마디 던진다

누가 환자고 누가 보호자예요?

휠체어

—옴마의 입말 6

나는 네가 밀고 다니지만

네가 늙고 병들면

누가 너를 밀고 다닐까

폭소

방금 입원한 할머니 왈
돈이 겁나게 나올 틴디
—뭔 돈요?
아 그 앰뷸런스 말여
—앰뷸런스 타고 오셨어요?
아니 택시 불러서 왔는디
그걸 찍어야 허리가 왜 아픈지 알 수 있댜
—아아 엠아르아이요?
이 그거!

할머니 말이 끝나기도 전
저녁밥을 먹던 환자들이 폭소를 터트렸다
그 폭소에
통증이 놀라서 달아났다

앰뷸런스나 엠아르아이나
위급한 환자나 나이롱환자나
통증이나 염증이나
폭소 한바탕이 특효약이다

마당 수돗가에 한살림 차린 서설(瑞雪)

어머니가 시집오던 날을 기억하는
마당에 수도가 들어온 이후
겨울마다 복되고 길한 손님이 다녀간다
어머니의 시어머니의 시어머니 장맛을 기억하는
장독대에도
쟁기질하고 온 아버지의 비지땀을 씻겨주던
수돗가에도
다소곳이 한살림 차려놓은
서설, 서설이 소복소복 다복하다

어머니가 천국에 안착했다는 낭보(郞報)다

관장(灌腸)

밀어낼 건 밀어내야 해
오른쪽 다리를 구부리고 왼쪽으로 엎드려
숨을 크게 들이마셨다가
'아' 소리를 길게 내뱉어
들숨과 날숨이 조화로울 때
항문조임근이 이완될 거야
용액이 들어가거든 순순히 받아들여
복부 팽만감이나 가벼운 통증이
낯선 용액을 밀어낼 수 있어
꾹 참고 십여 분만 버텨
이때다 싶을 때
온 힘을 다해 밀어내 쭉쭉 밀어내
살다보면
혼자 해결할 수 없는 상황을 만나잖아
기저귀 차고 누워 있어야 할 때가 있잖아
남의 손을 빌려서라도
밀어낼 건 밀어내야지

노래하는 노치원

나 어디로 가?
어디로 갈까요, 어르신
집으로!
집에 가면 누가 있어요?
우리 엄마!
엄마는 몇 살 잡수셨어요?
아흔다섯 살!
어르신이 아흔다섯 살인데요?
(……) 묵묵부답인
어르신이랑 함께 노래해요

영감아 땡감아 죽지를 마라
봄보리 개떡에 똥 발라줄게

어르신도 같이 불러볼까요?
봄보리 개떡에
꿀 발라줄까요 똥 발라줄까요?
꿀 발라! 아니 똥 발라! 아니 침 발라!
꿀 발랐다 똥 발랐다 침 발랐다
변덕이 죽 끓여먹는 노랫소리가 입원실 복도를 뛰어다니는
여기는 입원실도 유치원도 아닌 노래하는 노치원이에요

화장실 가다 넘어져서 골절로 입원했단 말은 쉬쉬하고
그 요양원에서 치료비를 부담하든 안 하든 쉬쉬하고
어디로 가는지 되묻지 마시고
어르신 가고 싶은 데로 가세요
노래하는 노치원은 어르신이 못다 한 후렴도 노래할게요

피순댓국

피처럼 검붉게 살다 가신
당신, 당신이 사주시던
피순댓국
피처럼 검붉게 살고 있는
당신의 부인이 사주시네요

땡볕 놉 얻어서
농사지은 푸새들 내다 판
피, 피 같은 돈으로
핏줄에게 피순댓국 먹이시네요

고추 따야 한다
배추 심어야 한다
눈만 뜨면 싸우다가도
한쪽이 몸져누우면 애걸복걸하시던
부부, 부부 인연 끊은 지 십여 년

피처럼 검붉게 살다 가신
당신, 당신은 먹지 않아도 배부른 세상에서
지그시 내려다보시고
피처럼 검붉게 살고 있는

당신의 부인은 먹어도 허기지는 세상에서
넌지시 올려다보시는

핏빛 그리움 한 대접

으름과 산밤

여든세 살 잡수신 어머니는 딸내미 주려고
밭 가상에서 자생하는 으름을 따다
먹어봐, 어서 먹어봐!
권하고

쉰여덟 살 철부지 딸내미는 어머니 드리려고
산에서 자생하는 산밤을 삶아서
잡숴봐, 어서 잡숴봐!
권하는

가을, 초가을이다
이렇게 예쁜 것을 어떻게 먹어!
이렇게 야문 것을 어떻게 먹어!

산밭에서 나고 자란 품성이 고결한
으름과 산밤
무르고 단단한 것의 화합이다

3부
우연이든 필연이든

얼레지

‘바람난 여인’이라는 꽃말을 믿어?

꽃이 되고 싶어서 칠 년을 버텼어
잎사귀 두 장으로 높은 산 센바람을 막았어
비옥한 땅을 일구는 빗물 받아먹고 살았어
그늘 먼저 먹고 남긴 햇볕 받아먹으며 견뎠어
잡초들과 잡담이나 나누면서도 줏대는 지켰어
‘차전엽산자고(車前葉山慈姑)’라고도 하는
나는 다년생 백합이야
해열 해독 이뇨 소염이 나의 수호신이야
봄바람의 부채질로 피어난 봄꽃이야

‘바람난 남자’ 되고 싶어?

제라늄의 방

나방이 이 방에 날아든 것은 찰나였다
나방 안에 무엇이 속해 있었다면 가능했을까
아무나 들어올 수 없는 방
육감이든 착각이든 영감이든
말초신경이 예민한 동물만 통하는
촉수를 곤두세운 곤충만 허락하는
나는 향기를 주인으로 섬기는 제라늄의 방이야
나방이라도 기다리던 향기가 맥없이 잠들어도
서정시와 서사시가 만나
따라라 마셔라 개판을 벌여도
달빛이 어둠을 덮고 사르르 잠이 드는 방
사방이 창문과 벽으로 둘러싸여
아무나 침입할 수 없는 방
나방이 이 방을 다녀간 것은 헛것이었다

우연이든 필연이든

나의 뒤태가 우연이고
너의 앞태가 필연이냐고
쫑알쫑알, 묻지 마!

노을을 찍고 있는 네 앞에 내가 왜 훅 날아왔는지

시시비비, 따지지도 마!
설레는 너의 심장에 훅해서 훅하고 날아와 고백하는 거야
우연이든 필연이든

필연을 기다리는 우연은 지금도 노을보다 뜨겁다고

늦게 핀 코스모스의 취중진담

찢긴 치맛자락을 움켜쥐고 도망쳤네
이쪽으로 휘청
저쪽으로 휘청
지나가는 바람의 헛기침 소리에도 휘청거렸네

코끝이 벌겋게 짓무르도록 훌쩍거렸네
눈물 콧물 쫓아내고
돌아보니
붉게 영근 시어들이
검게 아문 상처들을 먹어치웠네

버린 지 오래된 치맛자락을 회상하는 혼술이 달달하네

오타의 장난질

이것은 순전히 손끝의 화냥질이다
꽃이 죽든지 살든지
눈이 오든지 가든지
한잔 걸친 손끝이 콧노래를 부르며
골과 골 사이에 처박힌 먼지를 건드리다
옆집 현관문을 차면서 내 집이라고 우겼을 때
'ㅇ'이 'ㅅ'이 되어서
시인을 시신으로 만든 오류를 범한 것이다
시'인'이 소설을 쓰거나 말거나
시'신'이 일어서거나 말거나
시인을 시신으로 둔갑시키고 시치미 뚝 떼거나 말거나
이것은 순전히 오타의 장난질이다

가지의 부탁

차진 땅이 아니어도 괜찮아
심어만 놓고 딴일 하면 어때
순지르기 못해줘도 괜찮아
주렁주렁 새끼들 낳아
낭창낭창 키웠잖아
싱거운 너에게
한가지 부탁할 게 있어
하나뿐인 나의
보랏빛 원피스를 허투루 들치지는 마

서설드레스 입은 장미

동장군도 기절한

봄꽃처럼 살아도 봤어
장맛비가 나를 꺾었고
된서리가 나를 덮쳤지만

서설(瑞雪)이 선물한
뽀얀 드레스로 단장하고
버진로드를 걷고 있어

화양연화도 기절한

파뿌리

당신도 나를 버릴 건가요?
나의 알리신이 알싸한 감기를 몰아낼 텐데요
뽀얀 실핏줄이 실없는 핏줄을 혼내줄 텐데요
흙밭으로 돌아가서
거름이 될지언정
뽀얀 나의 속맛을 몰라보는 당신
효능 없는
당신을 이제는 내가 버릴게요!

배추싱건지

이 엄동설한에도 속에서 천불 날 때가 있는 거야
나의 단맛에
톡톡 쏘아대는 갓의 성깔이 스며들어
속이 뻥 뚫리는 국물을 낳았을 때
동동거리던 살얼음이 천불을 야단칠 거야
그 맛에
배배 꼬이는 비추한 세상도 나를 좋아하는 거야

할까 말까 MRI

어서 와, 나는 자기공명영상(MRI)이야!
쇠붙이 금붙이 다 벗어던지고
스캐너에 누워
편안하게 누워
내가 네 속을 낱낱이 들여다볼게
어디가 어떻게 아픈지
말하지 않아도 알아
너는 가만히 누워서
이어폰이 불러주는 노래나 듣고 있어
준비됐지? 들어갈게
다다다다다다 타타타타타타 더더더더더더
자자자자자자 차차차차차차 카카카카카카
괜찮아? 견딜 만하지?
조금만 더 깊이 들어갈게
헐레벌떡헐레벌떡 할까말까할까말까 하자!
그래좋아그래좋아 거기거기거기거기 아웅!
됐어? 더 할까?
아니 충분해, 애썼어!
십 분이든 삼십 분이든
후회는 자위가 낱낱이 들여다볼 거야

해질 무렵, 마이산과 나

유리문에 걸린 마이산 부부는 후다닥 선홍빛 홑이불을 끌어당기고
소파에 누워서 동그마니 그 모습을 시샘하는
나는 저 부부의 수줍은 수어(瘦語)를 엿들으며 잡념을 걷어찬다

백합

기묘한 나의 향기에 끌렸어?

신들이 다녀가는 그 새벽
숨 가쁜 너의 몸짓언어가
심연(深淵)에 든 나의 동면을 깨웠어
모른 척해 달라는 너의 말은 이미 삭제했어
왔던 길 되돌아간 너를 기다리는 순결은 잡것과 음통했어
시든 꽃잎 죽은 향기
쓰레기장에 내다 버렸어
꽉 오므렸던 속내를 쫙 펼쳐 보이다
미쳐버린 건 꽃잎이 아닌 꽃술이야
미친 꽃술보다 먼저 미친 건 케케묵은 꽃대야
황홀했던 순간은 사랑이 아닌 오르가슴이야
변절하기 전에 차이는 게 사랑이야
마음 고쳐먹기 전에 대답해
떠나야 할 때 떠날 줄 아는 꽃가루의 유서를 읽어본 적 있어?
나르키소스에게 거절당하고 메아리가 된 에코의 연서를 알아?

오묘한 너의 향기는 어디다 숨겼어?

하지 방사통

지지리 못난 나는 하지 방사통이야
추간판탈출증이 나의 출처야
툭 터져 나온 디스크가 너를 꼼짝 못하게 만들었지
부랴부랴 응급실로 실려 가
너의 허리 디스크에서 탈출한 수핵을 제거했지
앉지도 걷지도 못했던
너는 다시 앉을 수도 걸을 수도 있게 되었지
하지만 어쩌나
엉덩이에서 허벅지 오금 정강이 발가락까지
지지리 못난 저림증을 어쩌나
수핵에 압박당했던 신경이 되살아나기 위한 발버둥인 걸
진경제가 진경시켜도 막무가내인 걸
압박에서 탈출한 신경이 너를 향한 떨림인 걸
먹구름처럼 잔뜩 찌푸린
너의 하지에서 한바탕 놀다 갈게
낮보다 밤을 더 즐기는 내가 징글징글하겠지만
사랑해!
나는 스쳐가는 통증이야
눈 딱 감고 잠시만 안아줘
저리도록 짝사랑하다 지칠 때, 그때 떠날게!

안녕, 오미크론

딱 걸렸어 당신!

가문 땅에 쪼르륵 쪽쪽!
소낙비 몇 소절 쪽쪽거리는 소리 먹여줘서
고마워, 오미크론!
몇 날 며칠 밤낮으로 연애시를 써서 뻐꾸기 날려댔지

내 사랑 보부아르, 그곳에서 밤새 한잔하고 싶어
있는 그대로 나를 받아줘, 사르트르가 되어줄게
그대 중연(重淵)에 나를 익사 시키지는 말아줘
나를 사랑해줄래?
죽어서도 사랑하겠다는 약속은 못하겠어
다만 지금처럼 부비부비 하고 싶어!

숨통이 조이도록 끌어안더니
개떡 같은 이설(異說)로 찰떡같이 달라붙더니
은밀한 곳에 수억만 바이러스를 흩뿌리고 돌아갔지

자가 격리, 재택 치료는 투덜투덜 끝냈어!
페스트의 밤은 지금도 날마다 날밤 까고 있어
가문 땅에 질퍽질퍽

물소리 몇 소절 먹여주고 간
오, 오미크론 안녕!

후끈 달아올랐다 꺼진 불똥이든
독감보다 독한 독종이든
후유증이 당신을 역학조사할 거야
후끈 달아올랐다 꺼진 가슴앓이 되받아칠
변이 바이러스가 당신을 검역할 거야

딱 기다려, 당신!

추간판 탈출증

탈탈, 나도 그만 탈출하려네!
간판 없는 내가
간판 있는 것들과 옥신각신 살다보니
나도 그만 지쳤네
뼈와 뼈 사이를 받쳐줄 기력이 떨어졌네
견뎠던 고통이 순식간에 툭! 불거진
나를 원망해도 괜찮네
부아가 치민 신경이 신경질부리며
기죽은 너의 기운을 되살릴 것이네
기한에 떠밀린
나의 역마살이 새로운 거처를 찾아갈 것이네
나 떠난 어수선한 자리는
내시경이 말끔하게 정리할 것이네
간판 없이 살다 한순간에 삐끗한
나를 이쯤에서 잊어주시게!

4부
그녀의 새해 첫 선물

먹어봐, 맛나

내가 다시 올 때까지 이 강아지랑 놀고 있어요
알츠하이머 치매의 손에 인형을 쥐여 줬다

보행 장애, 사지 경직, 연하곤란, 인지기능 저하, 망상, 공격, 혈관성 치매
각각의 기저귀를 갈아주고 다시 와서 앉았다

강아지 인형의 이목구비를 쥐어뜯던
알츠하이머 치매, 기다렸다는 듯
인형을 던지며 한 마디 던진다

먹어봐, 맛나!

튀밥

이불이 옷이고 밥상이다

똥 싸서 그림을 그려놓은 어르신
똥 만진 손 씻어 드리고
항문 주변 닦아 드리고
침상 밑으로 집어던진 똥 덩어리들!
걷어내고 닦아내고 옷 갈아 입혀 드리고
아침밥 수발 드리고 휠체어에 모셨는데
나 밥 안 먹었어, 밥 줘!
성화를 내신다
쌀이 떨어졌어요, 어르신!
쌀 사다가 밥해 올 테니 좀만 기다려주세요
거짓말이 선수를 치는 순간
어르신이 함박웃음을 터트린다

지켜보던 하늘이
하늘하늘 웃으며 함박눈을 뿌린다
밥이다, 펑펑 튀겨주는 튀밥이다
산에도 뜰에도 어르신 가슴에도
튀밥이 수북수북 부푼다

조현병(調絃病)

머리가 지끈지끈 쑤시고 저리는 건
현악기의 줄을 조율하지 못하는 망상이나 환청의 짓이야
"씹어 먹을 년, 확 잡아 뺄 놈!"
와해된 언어와 옥신각신하는 건
내가 아니라 사회적 이질감의 짓이야
웃통을 까고 축 늘어진 젖가슴을 내보이는 건
죽은 태아의 도파민이 젖 달라고 보채는 거야
네 눈에는 보이지 않는 나와 마주 앉은 그것들과
구시렁구시렁 구렁이 혓바닥 날름거리는 시늉은
굶어 죽은 조상이 심심해서 그러는 거야
"우리집영감탱이명태잡이갔는디,바람아강풍아석달열흘만
불어라!"
이런 노래나 부르며 엉기적엉기적 어깨춤도 추면서
항정신병 알약 몇 알이 나를 진정시키려 애쓰지만
그 무엇도 나의 광기를 관여할 수 없어
'정신분열증' 환자라고?
헛소리 집어치우고 가만히 지켜만 봐
내가 현실에서 벗어나려 할 때 나를 살짝 안아줘
지끈거리던 골머리가 곤하게 잠이 들 거야

피피피, 핑거 에네마

아아아!

말문까지 막혀버린 어르신
항문에 손가락 들어간다
똥글똥글 딱딱하게 굳은
똥 덩어리가 항문을 꽉 막고 있다

피피피, 핑거(finger)!

검지를 피하는 똥은 중지로
끄집어내고 또 끄집어낸다
피피피, 피 나지 않게 조심조심
어르신 대장에서 쩔쩔매던
똥, 똥 덩어리들 줄줄이 나오신다
관장약으로도 풀어내지 못한
늙고 병든 이의 근심덩어리들!
기저귀에 차곡차곡 누우신다

니들도 병상에 누워 있어 봐라!

오므리고 벌리고 밀어내는 기능을 상실한 괄약근처럼

케케묵은 냄새가
입바른 소리를 흩뿌리며 환풍구로 달아난다

금기사항을 어겨야만 치러지는 대사(代謝)의 한 대목이다

기도

김치 쪼가리가 기도를 막아서 숨넘어갈 뻔했던
그 어르신이나
상추 이파리가 기도를 막아서 숨넘어갈 뻔했던
그 어르신이나
주사기가 먹여주는 죽을 먹다 숨넘어갈 뻔했던
그 어르신이나
하임리히법으로 살려냈지만
사레가 수시로 들락거린다
불퉁불퉁!
요양보호사가 재촉하는 헛기침에 떠밀려 나온
음식물 쪼가리들이
요양보호사 얼굴에 척척 튕겨 붙는다

기가 막힌 기도가 숨 넘어 간다

애기 낳는 것보다 더 힘든 것

변기에 앉아 용을 쓰는데 요양시설에서 살다 돌아간 그 어르신이 나왔다

끄으응, 끄으으응…
힘주세요 어르신!
끄으응, 끄으으응…

안 나와
애기 낳는 것보다 더 힘들어!

다시 한 번 끄으응, 해보세요
끄으응, 끄으으응
끄으으으… 나온다
똥!

죽을 똥 살 똥,
똥 덩어리를 흘릴 때마다 맨손으로 주워서 창문 쪽으로 픽 픽 던지던
그 어르신처럼
변기에 앉아 끙끙대는데 몇 해 전에 잉태한 그 시가 나왔다
똥 싸다 나온 시를 맨손으로 주워서 창문 밖으로 픽 던진다

그녀의 새해 첫 선물

새해 첫날 첫새벽이다
물에 빠져도 입은 둥둥 떠오를 것이라는 어르신이
그녀에게 욕바가지를 선물로 퍼줬다
육시랄년,잡아먹을년,손모가지를확비틀어버릴년,썩어빠질년,씹어먹을년,찢어죽일년…
노인요양원 병상에 누워 사는 어르신의 설사가 넘쳐난 기저귀를 갈아 드렸을 뿐이다
맛대가리 없는 욕바가지를 얼떨결에 받아먹고
속에서 천불이 솟구친
그녀의 손에 잡힌 물수건이 노발대발이다
주먹질하지 마세요!
꼬집지 마세요!
똥구멍 헐기 전에 닦아야지요!
배불러요, 쌍욕 좀 그만하세요!
새해 첫날 첫 선물이 노발대발이다

사이와 사이, 사이

나 여기 처음 들어왔을 때 선생님이 따듯하게 대해 줘서 지금은 아주 편안해졌는디 3층으로 올라간다니 서운허네

요양원 2층으로 입소 후 화색이 좋아진 어르신이 눈물을 글썽인다

섭섭지 마세요 어르신, 제가 종종 놀러올게요 일 년 후엔 다시 여기서 근무해요

눈시울이 벌게진 어르신을 안아 드리는데
가는 해가 뜨겁다

연말과 연시 사이
수급자와 요양보호사 사이
아무 사이 아닌 사이
사이와 사이, 사이에 흐르는 정이 뜨겁다

몰라 동자승

일어나요 스님, 아침 공양하시게요
발우공양이 뭐예요?
몰라!
걷기운동 좀 하게요 워커 꼭 잡으세요
저랑 같이 천천히 걸으면서
입으로 소리 내어 따라해보세요
자아
왼발, 왼발, 왼발오른발, 왼발…
하나, 둘, 하나 둘 셋 넷…
스님, 사시예불이 뭐예요?
몰라!
향은 좋아하셨어요?
응!
곡차도 좋아하셨죠?
응!
스님, 반야심경은 뭐예요?
몰라!
다음 생에는 스님 하지 말고
장가도 가고 아기도 낳으세요
응!
화두가 뭔지 몰라도 괜찮으니 편히 주무세요

파킨슨병과 치매를 데리고 요양시설에 입소한 어르신, 깨달음의 경지에서 아기가 되어버린 스님, 수많은 법문 죄다 까먹었다 당신이 몇 살인지 수행하던 곳이 어딘지 모르는,

육신이 사경이다 말문이 불문이다

실려 가는 곳이 어딘지 알고 싶지 않소

적당하게 살 오른 우리가
실려 가는 곳이 어딘지 알고 싶지 않소
허발하게 허기진 그대들에게 묻고 싶지도 않소
속이 꽉 찬 알맹이처럼 오동통해졌을 때
떠나는 것도 괜찮소
소로 태어나서 배고프다는 말도 못하고 살았소만
남의 빈속을 채워주기 위한 삶도 괜찮소
살맛나게 살면서도 잇속만 챙기는
그대들이나 소소하게 살다 오소
행여
멱따는 것 같은 이명이 귓속을 후비거든
그 소리가 우리의 유언인 줄 아소
우리는 그저
맛깔스런 멀미로 최후의 만찬을 즐기는 중이잖소
꺼억 꺽
트림만 해대는 트럭 한가득
도축장으로 실려 가는 우리
등짝에 찍힌
낙인이 하는 말이나 분명하게 분석하소

실려 가는 곳이 어딘지 묻지 마소

함박눈

—아버지의 입말 1

함박눈이 뭉텅뭉텅 내려가는디
니들 암시랑토 않지?
함께 김장해서 나눠 먹는 모습 내려다본게
아버지 맴이 흐뭇허다
그나저나
니들 오매헌티 좀 가봐야쓰겄다
땔감도 떨어진 지 오래 되았고
기름값 비싸다고 보일러도 잘 안 틀 판인디
마당 가득 쌓이는 눈도 그대로 둘 판인디
니들이 가서 눈 좀 쓸어줘야겄다
경로당 다녀오다 자빠지면 큰일 아녀
소처럼 일만 하다 온
나는 걱정마라
여그 와서는 정승처럼 산다
하따 참말로 내 정신 좀 봐라
함박눈은 뭉텅뭉텅 내려가는디

니들 오매는 언제 내 옆으로 올라왔다냐

폭설(暴說)

속내를 감추고 사는
네가 나에게 퍼부었던
망언이다, 아니다

무지막지한 폭설(暴說)이다
무자비한 폭설(暴雪)이다

설익은 설한풍이 맞대결 한다
그만 꺼져, 꺼지라고!
꿀잠 자던 제설차(除雪車)가 짜증낸다

하얀 겉옷으로 감춘
까만 너의 속내
지저분하게 드러나는 날 머지않았다
퍼붓고 또 퍼부어라!
난폭한 말은 제 가시에 제가 찔려 곪아 터진다
몰아쳐라, 난폭한 것들아!
그때나 지금이나
나는 끄떡없다

블랙아이스

아이스조끼 한 벌만으로도
반질반질 윤기 나는
나는 블랙아이스야
반질반질 윤기 나는
나를 아무에게나 보여주진 않지
제동거리가 일반 도로의 14배, 눈길의 6배 길어지는
나를 발견한 후에는
긴장도 긴장하지
당황한 심장이 급브레이크를 밟았다간
불청객에게 작살나지
염화칼슘 같은 불순물도 안아준
나는 영하 18℃에서 완전한 내가 되지
나를 밟고 지나가려거든
스노우타이어 손을 잡아야지
공기압은 수시로 확인하고
냉각수와 배터리도 짬짬이 살펴야지
반질반질 윤기 나는
내 앞에서는 누구나 살살 기지

상사화

순분아 순예야 유영아 연후야
영식아 순희야 순자야 엄마가
잘 살기 바란다

굳어가는 몸으로 의사소통 노트에 한 자 한 자 또 박 또 박 쓰셨지요 떠먹여 드리는 미음도 잘 드시고 눈동자도 초롱초롱하고 기억력도 또랑또랑하기에 요양병원으로 모셔도 괜찮겠다 싶었는데

앉혀, 눕혀, 똥…, 애매모호한 몸짓언어를 외면하는 병실이 얄미웠나요

입원 다음날 아침, 파랗게 질식한 몸으로 이승을 박차고 올라가셨지요. 파란만장한 삶 바싹 태워 없앤 빈들에 허야 디야! 꽃대를 밀어 올리시네요

순분 순예 유영 연후 영식 순희 순자
꽃, 꽃무리들이
허야 디야! 꽃망울을 터트리네요

당신은 지고
꽃들은 피는
8월, 말고

당신은 피고
꽃들은 비켜준
4월, 4월에 만나요

어머니!

다음 생에는 우리 함께
꽃이 아닌
파란 만장(輓章)으로 피어요

하관(下棺)

—옴마의 입말 7

광중(壙中)에 누우니까 이토록 아늑한 것을 그토록 몸부림치며 살았구나!

아이 고, 나 혼자 어떻게 살라고!

니들 아버지 죽었을 때 통곡하던 세월이 열네 살이나 잡쉈구나 그동안 이 옴마는 혼자 이 밭 저 밭 허둥대다 보니 니들한테 이별 인사도 못했구나 아니 이별은 무슨 놈의 이별이냐 여기서 동구 밖이 훤히 내려다보이는디 우리 집 대문에 누가 들락거리는지 훤히 내려다보이는디 이별은 얼어 죽을 이별이냐 형체가 있고 없고의 차이일 뿐, 우주 안에 함께 있는디

참회하지 마라, 나의 살점들아!

그지없는 욕심 홀연히 내려놓으니 만물이 소생하는구나 친정아버지 목숨 값으로 산 이 땅은 여전히 이 옴마와 니들 아버지가 일궈줄 테니 니들은 그저 붓꽃처럼 살다가 기쁜 소식 안고 오니라

광중(壙中)이 아늑하다는 것은 그때 다시 가르쳐주마!

나의 '통증을 치유하는, 시'를 어루만지며

나의 통증은 시를 낳기 위한 산통이다. 살면서 부닥치는 통증을 시로 다독거리지 않았다면, 나는 부모님보다 먼저 천인이 되었을 거라는 육감이 시를 낳는다.

용하다고 소문났던 할머니가 스무 살짜리 나를 자꾸 꿈속으로 불러들였다. 이 산 저 산 데리고 다니며 신접했다.

"줄지어 앉아서 점 보러 온 사람들 밥해 먹일 때마다 니들 할매가 미웠다. 아침부터 오밤중까지 부뚜막에 앉아서 가마솥 밥을 일곱 번이나 한 적도 있었다."

어머니의 하소연이 나를 데리고 어디론가 가더니 '눌림굿'이라는 걸 해줬다. 돌이켜보니 할머니처럼 징을 치며 무녀 춤을 출 바엔 시를 쓰겠다고 작정하길 잘했다.

동지섣달 새벽 한파를 타고 왔다. 태동이 워낙 씩씩해서 고추를 달고 나올 거라고 기대했다는데 두 개의 생명줄을 가슴에 품고 왔다.

다섯 명의 동생에게 물려준 엄마 젖이 아쉬웠다. 진달래꽃, 찔레꽃, 오디, 홍시를 따다 입안 가득 오물거리며 자랐다. 발 잘못 디디면 산 밑 개울로 굴러 떨어지는 비탈길을 걸어서 초등학교에 다녔다. 언니가 입던 옷은 내가 입고, 내가 입던 옷은 동생에게 입히고, 언니한테 배운 구구단을 동생한테 가르쳐주면서 자랐다. 엄마 따라 농사일을 거들어야 했던 언니 대신 둘째인 내가 동생들을 보살폈다. 돌담 사이의 좁다란 골목에서 동네 아이들과 목자놀이, 자치기, 땅따먹기를 했다. 그럴 때마다 내 등에는 항상 어린 동생이 업혀 있었다. 집으로 돌아와 늦은 저녁을 먹고 호롱불 밑에서 밀린 숙제를 했다. 국어책에 나오는 영이와 철수를 만나 그들과 함께 재잘거렸다.

초등학교 3학년이 되어서는 쉬는 시간마다 1학년 교실에 찾아가 동생을 챙기곤 했다. 6학년이 되어서는 '전북 어린이 글짓기 대회'에서 학교 대표로 참석했다가 대상을 받았다. 선생님이 사주는 자장면이 눈깔사탕보다 더 달콤했다.

아궁이에 불을 지펴 새벽밥해서 먼저 챙겨준 부모님의 희생을 받아먹으며 중학교에 다녔다. 학교 갔다 오면 젖먹이 동생을 업고 산밭을 향해 두렁길을 뛰었다. 두렁을 차지한 질경이들이 내 발에 밟히면서까지 빠른 길을 안내해줬다. 허벅지까지 흘러내리는 동생의 울음소리를 들을 때마다 나는 목이 바짝바짝 탔다. 호미질 하던 어머니의 젖을 먹고 잠이 든 어린 동생의 똥 기저귀를 들고 빨래터에 다녔다. 또래 친구들은 영어 단어, 수학 공식 외우는 시간에 나는 이렇게 동생들을 돌봐야 했다. 그랬어도 읍내에서 과외수업까지 받으며 공부만 하던 친구들보다 성

적은 더 좋았다. 그런 나를 위해 어머니는 종종 부잣집으로 이잣돈을 구하러 다녀오곤 했다. 어머니의 처진 어깨를 그때 처음 보았다. 마당을 서성거리며 담배만 태우던 아버지의 마른기침 소리는 지금도 생생하다. 슬그머니 눈치만 살피던 나는 그저 가슴이 뭉클했다. 그 가슴이 산골 마을에 있던 나를 도회지로 끄집어냈다. 산업체 부설 야간 고등학교라도 다니고 싶었기 때문이다. 자정이 다 되어서야 허름한 자취집에 들어왔다. 낯선 수돗물로 양치질할 때마다 소독약 냄새와 실랑이를 벌였다. 세수도 못하고 곯아떨어지는 날이 허다했다. 그렇게 운동장도 없는 산업체 부설 야간고등학교를 졸업했다. 공부는커녕, 수업 시간마다 책상에 코 박고 졸았던 기억을 안고 우물 밖으로 나왔다.

J화장품 뷰티아티스트, 청국장집 아줌마, 북카페 주인, 다양했던 생업들이 나를 자꾸 끼적거리게 했다. 그것들이 곰삭아서 아이러니한 시가 되었다. 시는 종종 길을 잃고 낯선 곳을 헤맬 때가 많았다. 곳곳에 처박힌 시를 찾아서 자세히 들여다보니 하나같이 나를 닮았다. 찢기고, 깨지고, 곪아터진 통증들이다. 그것들이 어우러져 시집 세 채를 지어 놓고 나를 쫄래쫄래 따라다닌다. 할머니가 못다 푼 신기인 양, 앞소리꾼으로 상여를 이끌던 아버지의 정기인 양, 얼기설기한 나의 속내가 훤히 드러나는 시집이다.

그 시집을 읽는 사람마다 '어느 대학에서 공부했냐. 스승은 누구냐!'라는 질문을 던졌다. 대학물이라곤 마셔본 적이 없고 스승도 없는 나는 그럴 때마다 목이 바짝바짝 탔다.

'대학을 나와야 대화가 통하는구나! 스승도 있어야 승승장구

하는구나!'

되새기는 혼잣말이 나를 한국방송통신대학교 국어국문학과 학사과정을 졸업시켰다. 그 덕에 대학물 맛은 봤다.

그 후, 나를 닮은 시집 속의 분신들이 초췌해보였다. 학력, 경력, 인맥이 활개 치는 세상에서 당당하게 살 수 있도록 보살필 줄 아는 어미가 되고 싶었다. 그것이 통증들이 모여 사는 이 세상에서 굴하지 않고 씩씩하게 시를 쓰는 이유다.

'돈도 안 되는 시는 왜 쓴다고 그 고생이냐?'

'사람이 죽어가는 모습을 잘 새겨두었다가 네가 보고 느낀 것들을 시로 써 봐라.'

아버지는 나에게 화두를 던지고 지그시 눈을 감으셨다. 바싹 타들어 간 묵언으로 말씀하셨다.

"구음장애에 오른손 마비까지 온 어머니가 의사소통 노트에 왼손으로 느릿느릿 삐뚤빼뚤 쓰는"(「입관」) 시를 써야겠다.

"구수하고 달달한 무수적맹키로 / 납작 엎드려서 / 무수(撫綏)한 세월 둥글넓적하게 살"(「무수적」)만한 시를 써야겠다.

C. D. 루이스는 시의 이미지란 "말로 그린 그림"이라고 했다. 나의 시가 "말로 그린 그림"으로 인정을 받을지 못 받을지는 당신의 혜안(慧眼)에 맡긴다.

다시 또 겨울이 절정이다. 서설도 피고, 눈꽃도 핀다. 땅속으로 스며든 부모님의 땀내를 간직한 농기구들은 기나긴 동면에 들었다. 부모님의 발소리를 기억하는 마당은 함박눈을 받아먹으며 허기를 채운다.

"억척스럽다고 쑤군거리지 마라 / 무지막지한 제초제가 작살

내도 나는 산다"(「메꽃」)

지난했던 삶이지만, 「메꽃」처럼 당당하게 살다 가신 부모님의 유전자가 낳은 시들에 당부한다.

"떠들썩한 광장에는 나가지 마라. 떠날 채비를 하는 부모님을 모시는 가정이나 노인요양시설에 안착해서 주변을 얼쩡대는 통증들이나 내쫓아라!"

어머니가 앉았던 의자에 앉아서 날밤이나 까고 있는 나는 또 콕콕 통증이 밀려온다. 새벽까지 끙끙 앓은 통증이 내일 아침이면 애매모호한 시를 낳아 놓고 소리 지를 것이다.

"숨 가쁜 / 너의 몸짓언어가 심연(深淵)에 든 나의 동면을 깨웠어"(「백합」)

시인 유순예
전라북도 진안고원에서 농부의 딸로 태어나고 자랐다. 아버지의 지게와 쟁기, 어머니의 호미에서 시론을 배웠다. 2007년 『시선』에 시를 발표하면서 작품 활동을 시작했다. 시집으로 『속삭거려도 다 알아』 『호박꽃 엄마』 『나비, 다녀가시다』 등이 있다. 본연으로 돌아간 부모님이 온몸으로 시를 쓰던 전답에다 시 농사를 지으며 평생학습프로그램 「끼적끼적 시작(詩作)」 학습자들과 어우렁더우렁 살고 있다.

모악시인선 030
당신이 그곳에 계시는 동안

1판 1쇄 찍은 날 2024년 12월 20일
1판 1쇄 펴낸 날 2024년 12월 27일

지은이 유순예
펴낸이 김완준

펴낸곳 모악

출판등록 2016년 1월 21일 제2016-000004호
이메일 moakbooks@daum.net

ISBN 979-11-88071-72-2 03810

값 10,000원

* 이 책은 (재)전라북도문화관광재단 2024년 지역문화예술육성지원사업에 선정되어 보조금을 지원받았습니다.